D1744010

pour ma chérie

Clémentine

de babu

juillet 2020

Gilbert **Delahaye** ◆ Marcel **Marlier**

martine

au parc

casterman

• Découvre les personnages de cette histoire •

Martine

Joyeuse et curieuse, Martine adore s'amuser avec ses amis et son petit chien Patapouf. Ensemble, ils découvrent le monde et vivent de véritables aventures. Une chose est sûre : avec Martine, on ne s'ennuie jamais !

Paul

Paul est le petit frère de Martine et Jean. Il est adorable et Martine adore s'occuper de lui… Tous les deux s'amusent comme des fous, surtout quand leurs parents sont absents !

Patapouf

Ce petit chien est un vrai clown ! Il fait parfois des bêtises… mais il est si mignon que Martine lui pardonne toujours !

Aujourd'hui, il fait un temps radieux !

Et quoi de plus agréable, quand il fait beau, que d'aller jouer au parc ?

À peine la barrière franchie, Martine, Jean et leurs amis se mettent

à courir, et Patapouf gambade avec eux.

– Attendez-moi ! crie Paul, qui pédale comme un fou sur son vélo

à roulettes.

Le parc est immense !

– J'adore venir ici, dit une petite fille à Martine. Tout est calme, et

il y a plein de choses à faire et à regarder !

Par exemple, ce monsieur qui peint, au beau milieu de la pelouse…

– Magnifique ! souffle Martine en admirant le paysage sur la toile.

Un peu plus loin, on entend de l'eau qui coule.

– La cascade ! s'écrie Martine. Qui veut se tremper les pieds ?

Ses copains la rejoignent mais il faut être prudent car la pierre

est glissante.

– Comme l'eau est fraîche, commente Lison. Ça fait du bien !

On reste là un moment ?

Pendant ce temps, Paul fait une course de tricycles.

«Dring! Dring! Dring!» Il fait tinter sa sonnette pour qu'on le laisse

passer.

– Je suis en tête! claironne-t-il.

Encore trois coups de pédales… Il a gagné! Bravo, Paul!

Dans l'étang, au milieu du parc, Martine et ses amis ont aperçu
des poissons.

– Si on les pêchait ? propose Jean. Je les transporterais dans ce seau,
et on les mettrait dans un bocal à la maison…

– Ils sont mieux ici ! tranche sa sœur. Et, comme l'eau est claire,
on peut quand même les observer.

Martine et ses copines adorent s'occuper de leurs poupées.
Mais pas seulement pour chanter des comptines ou faire semblant
de donner à manger… Ce qu'elles préfèrent, c'est leur fabriquer
des habits. La mamie de Julie a expliqué comment tricoter !
– C'est difficile, estime Martine. Mais quand on a terminé, on est
tellement fier du résultat !

Sauf qu'au bout d'un moment, Martine a envie d'une activité
plus amusante.

Comme jouer avec les bateaux du grand bassin, par exemple…

– Allez, Jean, aide-moi à pousser ce voilier !

Pas facile de manier les perches sans risquer de tomber
dans l'eau !

Il faut laisser d'autres enfants jouer aux bateaux, alors Martine
et ses copains vont se promener le long de l'étang et s'installent
à l'ombre sur les berges.

«Ouaf! Ouaf!» aboie Patapouf.

– Un cygne! Qu'il est grand et majestueux!

Les pigeons sont beaucoup moins impressionnants… mais ce sont de vrais gourmands !

Dès qu'ils aperçoivent les glaces que viennent d'acheter les enfants, ils arrivent à tire-d'aile.

– Trois miettes de cornet pour chacun, décide Martine. Mais c'est tout, sinon je n'aurai plus rien à savourer !

Martine aimerait faire un tour de barque sur l'étang, mais les chiens sont interdits à bord.

– Attache-le à un arbre. On n'en a pas pour longtemps…

– Je reviens très vite ! dit Martine à son protégé au moment de partir. Sois bien sage !

En carriole, au moins, les chiens sont autorisés !

Les enfants embarquent à l'arrière et Martine fait monter Patapouf sur le poney qui la tire. C'est même lui qui tient les rênes !

Les passants le regardent d'un air amusé. Martine leur fait de grands signes en retour.

Le bac à sable, c'est là où il y a le plus de monde !

Tous les enfants aiment faire des pâtés. Martine aide les plus jeunes.

– On soulève le seau très doucement… Et voilà un beau château !

Son chien arrive avec une couronne improvisée… Vive le Roi Patapouf !

– Qui veut faire un tour de toboggan ? demande Martine.

Toute la bande accourt ! Chacun grimpe le petit escalier, sans quitter

des yeux ceux qui dévalent déjà la pente.

– Un… deux… trois… C'est parti ! s'écrie Martine en se laissant glisser.

Attention à l'arrivée !

Encore plus drôle que le toboggan, les balançoires !

– Surtout quand on monte tous dessus en même temps ! s'écrie Martine.

La fillette se dresse au milieu, pendant que les autres poussent avec leurs jambes.

Tout le monde s'amuse, y compris Patapouf !

Après la balançoire, chacun choisit l'attraction qui lui plaît.

Certains retournent au toboggan, d'autres grimpent sur le carrousel.

Martine et Julie escaladent les échelles de corde.

– On est comme des acrobates dans un cirque ! s'esclaffe Julie
en faisant le cochon pendu. J'adore voir le monde à l'envers !

Soudain, une voix retentit :

«Début du spectacle de Guignol dans 5 minutes!»

Vite, les enfants se précipitent! On frappe trois coups, et le rideau
se lève…

– Bonjour les amis! lance la marionnette.

– Bonjour Guignol! répondent les enfants.

La séance de Guignol est terminée.

Martine a tellement ri qu'elle en a mal aux côtes !

Elle rejoint son papa et sa maman à la buvette du parc pour déguster
un bon goûter.

Patapouf s'approche de sa maîtresse et la regarde, l'air de dire :

«Cette fois, ce n'est pas avec les pigeons que te partageras ta glace,
mais avec moi !»

Retrouve **martine** dans d'autres aventures !

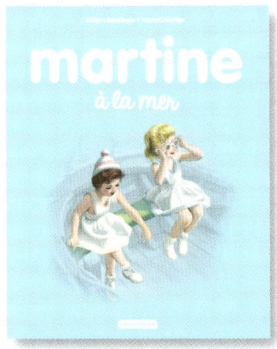
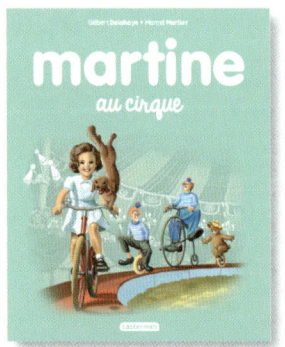

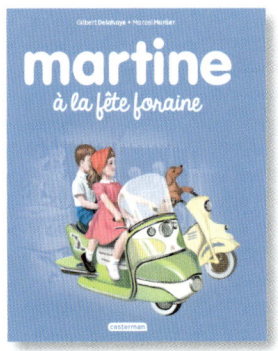

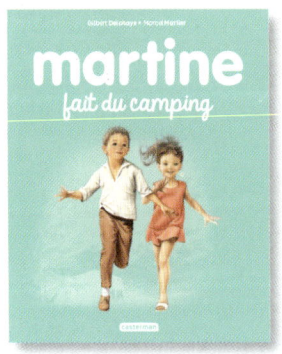
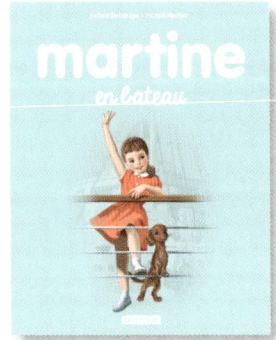

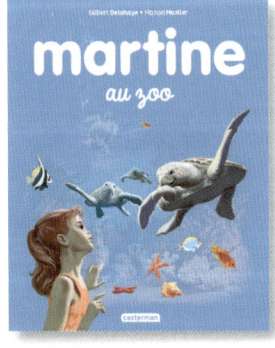

martine *en pique-nique*

martine *garde son petit frère*

martine *fête son anniversaire*

martine *jardine*

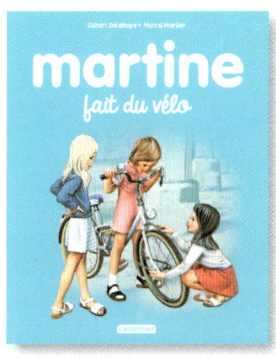
martine *fait du vélo*

martine *petit rat de l'opéra*

martine *à la fête des fleurs*

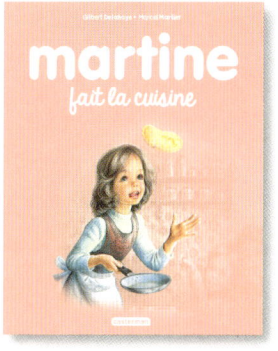
martine *fait la cuisine*

martine *apprend à nager*

martine *est malade*

martine *en vacances*

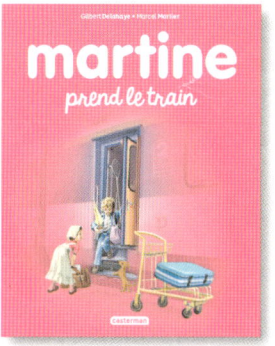
martine *prend le train*

martine *fait de la voile*

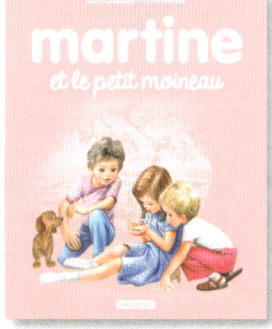
martine *et le petit moineau*

martine *et le petit âne*

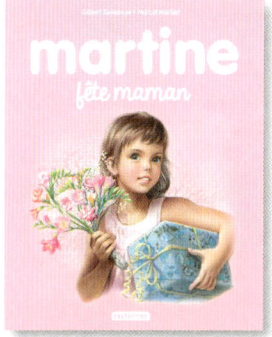
martine *fête maman*

martine en montgolfière

martine à l'école

martine découvre la musique

martine a perdu son chien

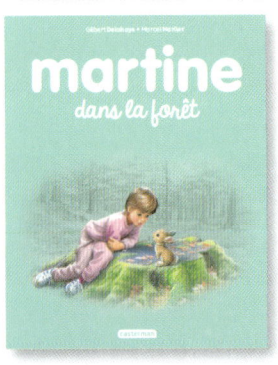

martine dans la forêt

martine et le cadeau d'anniversaire

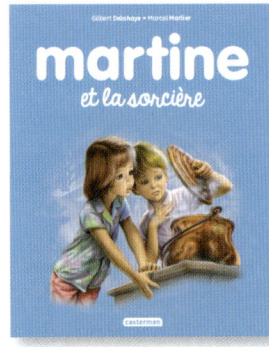

martine et la sorcière

martine un mercredi pas comme les autres

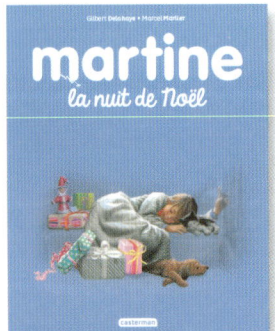

martine la nuit de Noël

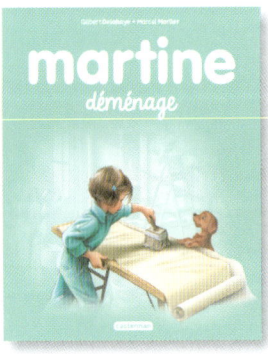

martine déménage

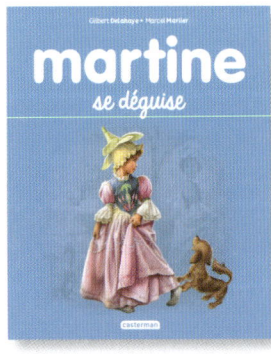

martine se déguise

martine et les chatons

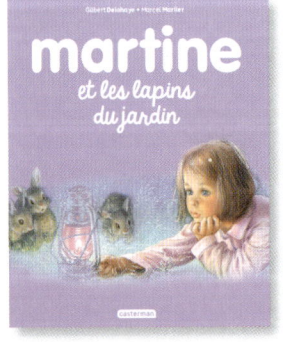

martine et les lapins du jardin

martine à l'hôpital

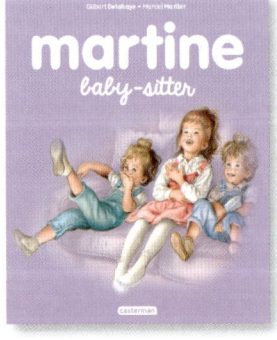

martine baby-sitter

martine en classe de découverte

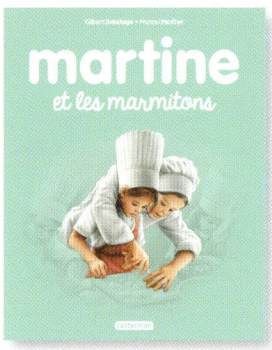

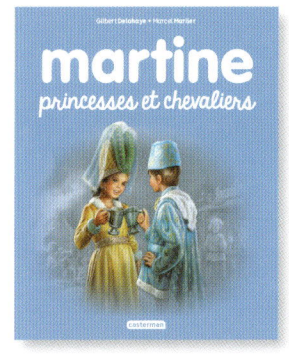

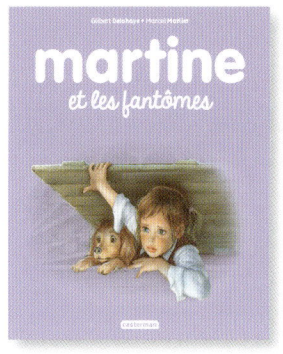

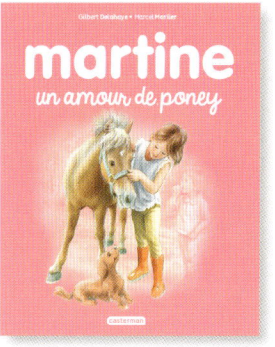

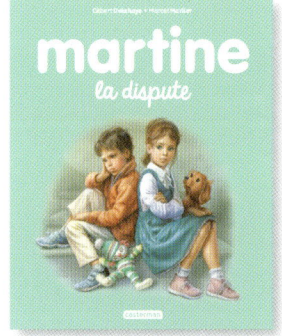

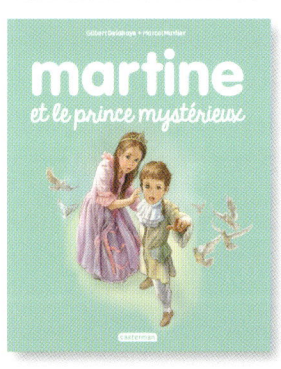

Casterman
Cantersteen 47
1000 Bruxelles

www.casterman.com

ISBN : 978-2-203-12574-2
N° d'édition : L.10EJCN000604.C002

© Casterman, 2017
D'après les albums de Gilbert Delahaye et Marcel Marlier.
Achevé d'imprimer en mars 2018, en Italie.
Dépôt légal : mars 2017 ; D.2017/0053/78
Déposé au ministère de la Justice, Paris (loi n°49.956
du 16 juillet 1949 sur les publications destinées à la jeunesse).

Tous droits réservés pour tous pays.
Il est strictement interdit, sauf accord préalable et écrit de l'éditeur,
de reproduire (notamment par photocopie ou numérisation)
partiellement ou totalement le présent ouvrage, de le stocker
dans une banque de données ou de le communiquer au public,
sous quelque forme et de quelque manière que ce soit.